石川　透編

室町物語影印叢刊 16

文正草子

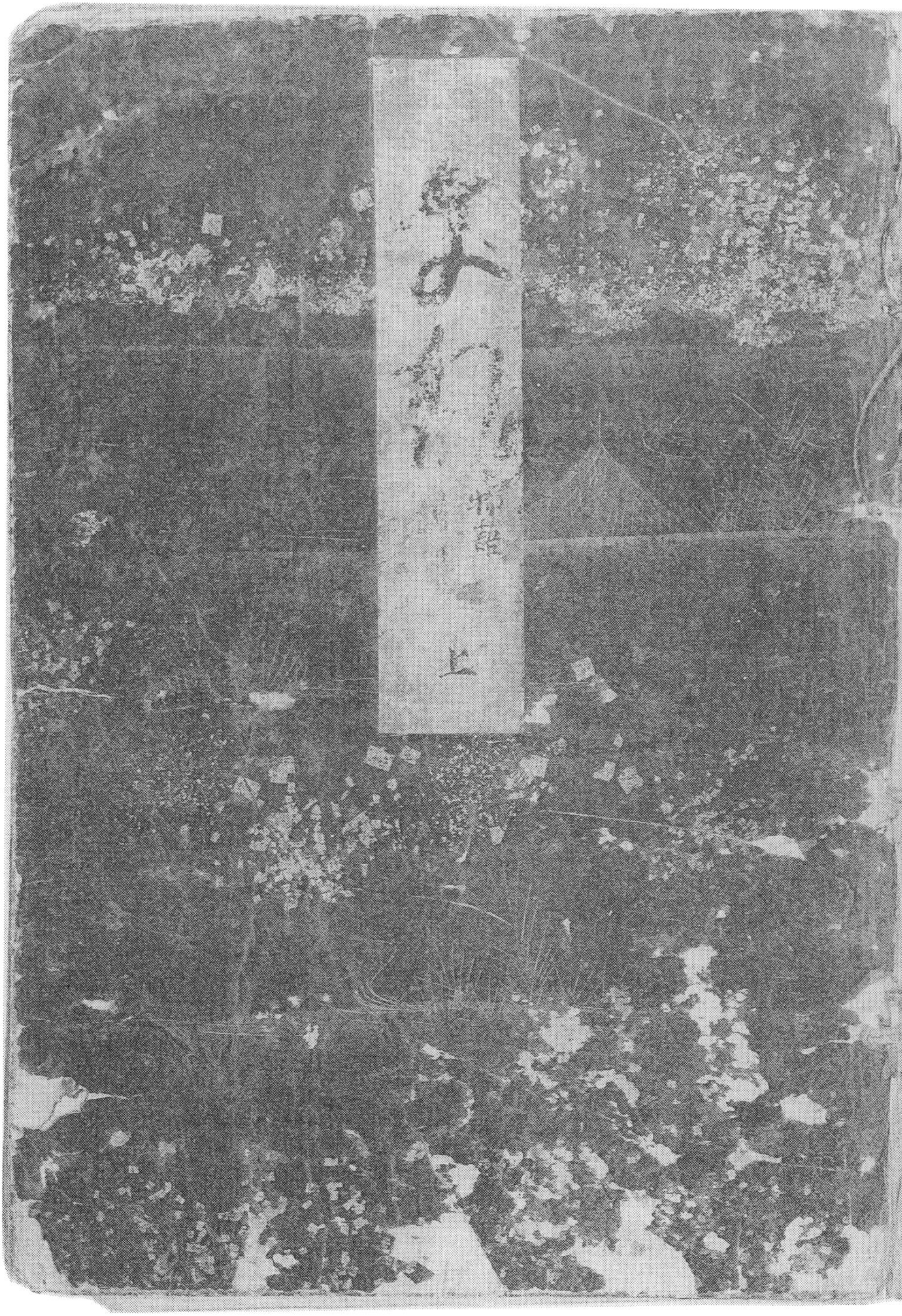
上

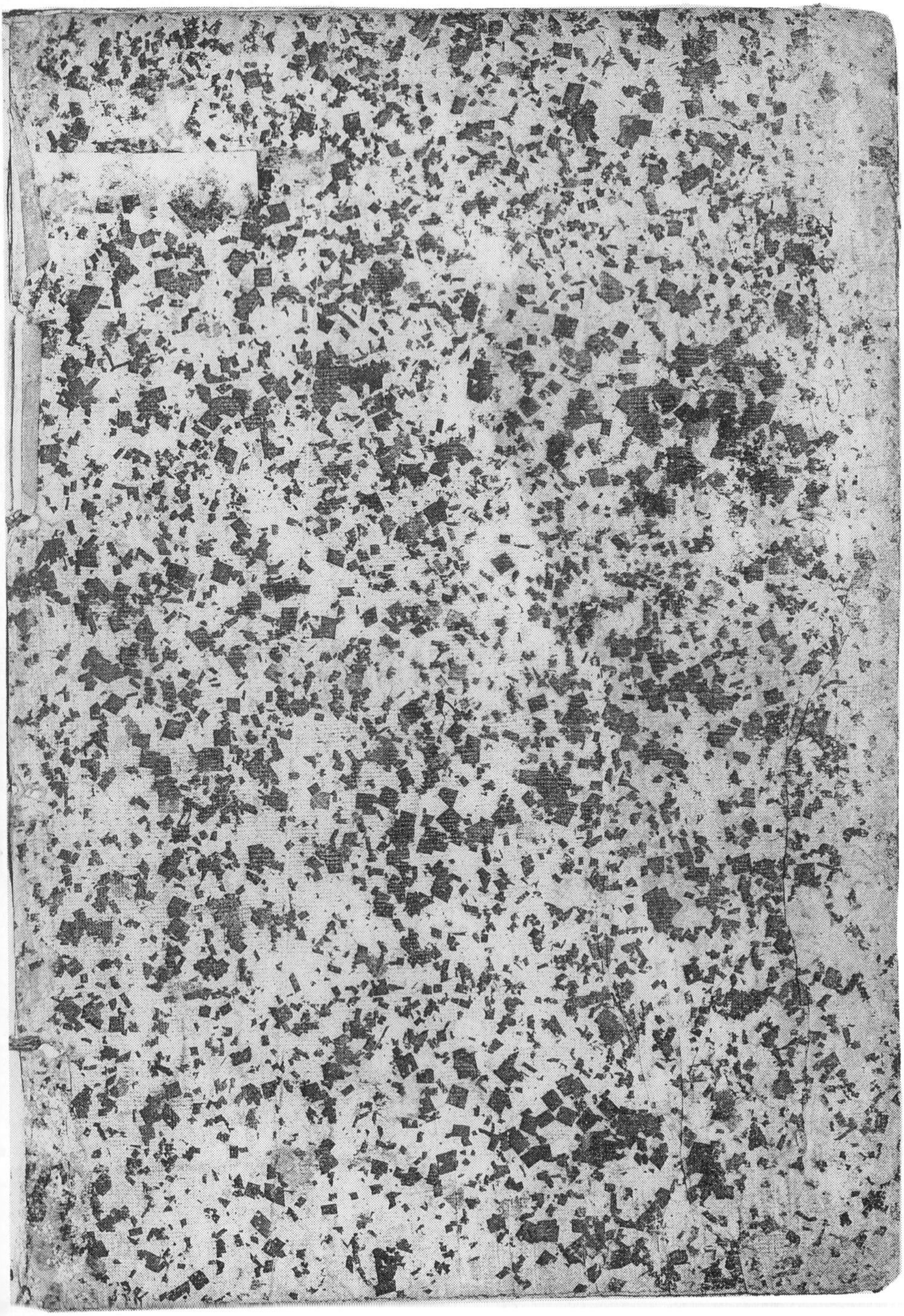

ゆし上りし後よりいうのおほくあつてぬ
とをつてあるよ中は色いゆしとさらのへら
のかはあかちしめしかりとりまらくつめ
施さきる中あくめてぬきいひこらのあな
うりかんへしやしとゆりのしくそ後りけ
そのゆへとうりめ重いねりしちしれん
りしうつり八千あひこらのあ十六かしのう
よかし後に天照明神とゆしてかしら付給
そのこや大
はつ

思ふてかけいしゆくのがはいらつきよつけし
かはゆくおぼえたまひしてんぢくにおきては
一ぜんしやうのみかどき十六のくに女のみよりや
一万八千のくんかいらうぞうしくてはしとし
その中にも上中の女房八百人なり七二百
人やうなりける人つるはぎせかり弟一のゑい
よいかかる君又人ひめ君又人十人のたから
そかりまさしける程れは大くわうしとめ
さうしきまに文をとやしてそうしけるの者
ありけらうあつしんしやうちきにありて

ちうのちゝろくそうのきさうらめいとそむ
うたよみけるやつうひけるあるは太くう
しなりけりしめけりいりくとなふとれ
けめとはぶんぬゝやうなりのゑもよ心
まとをかりしきてちくせどをりのとれわ
ゆましやうちぢきかれいちときてはべらん
むとかりしめてぶんぬとめして候ま
けないしなうきとしろそりめとへ
まれくなほうかりなあかりいさあらん事へ
ゆくゑしもとりかうはらうつはくとせい

かくにもうへにいつる人々

人のおもしろくて

あはれいのち

とうさりは

ちかれまいらせ

せしと

ぬしびたて

そひまいらせ

めでたくかしく

われいちかう御く文まいり

くるまをたてゝつゝくわしよめかもく
ゆく舟はほのかにいそとて塩屋くらし
まつきみならぬかしき中よわりなき
のていやさてころわりんへまみせりやとみて
うくあん
ちころわりんへまみせ
ちやはのわく
志ちやのれうたり
あくのりくん江
くいしちやりまくめちへにやけりいてしまぬ

ひかりのくぬかりきみてさうせめへといひ
けきいかしさてちくへさるりてうは
ゆけるとさひ立あくみかりさるれいちう
さちるりよさふゆあれいくれくるちんむ
かしうすれありきんありしぬらいのそ
あるやりよてこれにかり合すへんにたく
してぬとよるひへとみえて一へく
すこてかけりさみかりもこて何となく
わとおしくさひくまいらへしてせぬ
其よ今ぬ千を大あいかかへろくはくいしいくく

[illegible]とこまうさせむとらく
そなたよりいよいよくわりきこいとをしうて
ときこえけるあはすれしいかにせんへなは
いとゝうりしほくいうしてぬるこんよりもはやと
なかくさつらかしのへつけきなけへはかりと
のかまわしのひはてかりけれは文たけ
よしときこえはけいのみそこえ中すまむ
まうふみならぬいとにけきいあらしさてて
りていむすふかみすつらしすはちりやうく
はへいぬきこゑとこけてあつらはへとゆけき

いひてやむことなかりきさくぬきてすてゝ侍る
くそりはゆきけるなむよりたちてかれは
てのりめ又六人のり侍りちけきいあるし
なくめなりすゝよりてひて又ときさりの
まそわりひけらくてそら月とつる侍る
うんぬおほしはいひちるいらそあまは
こよしちやくそう月にふりまうてせむ
ぬよりにあくはかとはちかうぬ一つくひ
ゆくはこうしもちらとやさてうりくく
ゆきらひ[illegible]れいか[illegible]るしりてすらあかきく

あい

さけのは

一可ゝつせ

もり

そなたをかくこそかゝるはやとてうりけるを
御へさすもあれいふんなうちはへもてるし
しくおもへしいろしろくものちかひとらふ
んいなまひもあくいのちもあくもうら
はようなるすもあしはきいりのしなのわ
ゑひすもいゝりけてゐけきいらけしうやま
里あきちやしやりよそぬよけうはきいか
御一つとらへきつのゝ御十ちらうちはよ
里もあのくさらへてめそくあくあうかとま
はのおりていそのちかやさきとみかくちる

くさて秋ほとそやうせけるふん女らとほと
なりけて後くしかいらさらなく物ほらけ
きいんもみかふしきのるりよとはくらさふ
しぬなくもいりにめてしさふるりにそしるの
ちりけるさる月をりよ月日よそへてめく
そくのとなり後さるかとりぬなはすうへて
ひめとりしてふへしやうつる物りとそやけ
御四節りよくらくとして一まんちやうむすひ
しのすきさせかすやいのうちりよ七十五町か
いはゆるさきめの中ます二ふよすへいものあり

なにはよしあしもよろこびくらしまして、くいちかへ
しだいしだいにとくやとぞてかのしけるが
てあしもとしもしりよろこびあひしされはひさ
ちのあかいよすまるへきりのけむりあるは
しろたちならべさうひそえんとさうつとやせ
いかなる人もきとてみなかくかうへ
やしなひそつかせけるあの子らにぞく
でさうしにさに百人あまり百人つかひける
げす女百人そのほか上中下女房百人ぐし
つかひ二十人つかひけるかためてしくれ

まひとりのみのうけうるいもんしまく
し世子ありしてまですまゐつゝまゝ子一人もなし
ちうきうてあけくれさいくいまなこり
てそまてうしけるはるかとまあるんへたく
うし房へまいりやけるいみうちまさふ
らひしふんぬいうさずりかきさちやしじ
やとありきてのしまあるさみちてあまちの
ちいづ[illegible]十七人のちとやとてはくる
わ[illegible]まくしあさん又きたくましど
今[illegible]りし[illegible]さうんしやしりよ[illegible]

いゑき事をはのたまはむからとなしに
せてこそ見しめでしとやしけきはいたくしもあ
ふしさぬるやよかりしはさていとふく
うんしやうともこれをりふんしやうを
しきるやうにとりわくてはなりいさすまい
まける便りなしこまりいてぬうちと大
くらし夜はらんして御てそしやしくそて
みやりよくてかくしめてぬきりのいくてき
へくとそかはせけるかはせやそうけいうへ
川てかはこれわりとて佐為へまてしそまゐり

けさはこれもんしやう候とまいらせ候へき
ちやしじやうまかりてあらたむとえしうしんの
わづらはしくみなせんのいろはよれはいいろては
さりな候りしとうしけふくしてさいはすい
らせらひわら候しとえしんなりぬとへつ
御とよおりしこ候りうけし候りはまれ
らいやしさ申するれなりてうやりよしう
とりちは候しとしさひはすわかやうかり
たゝ流さぬくらかりとのくしあれいさむりし
ゝ御心得候とりくし申しらへてが

称白くゑ示和まうらん七ちんまんか
うらみすゞとうもて四方はつらうらへうら
らういらみすんとりみすきや此すゝとりよゆく
ゐさいくはかしうかさみそてす忠つゞへ守い
子いゑう一人も残さじはねそれをまつりあれ
るすゞかるいるとゆらくつそ守一のたれ
うつあれあんちがかゐくのゐうつとゆら
とりそれ子のあうんまいみかへくのおや
まてそゐへけきてゝくくりのは
わんすまるはよううゝとゆら子のあをさすれ

せんせのちきといふひとありけるかあさましきさかり
ちかひは釈仏のはちかひしのことなとおもひあるめ
かなしくおもふらくぬかしこそをいそきくる釈
仏よまうらせてせめて一人ありとてもと
さりぬて女房はれとしのまへせとせんい
とうつさきくとしへぬまよそありけるな
はちひわらうくなるいと女房してうんや
いまうちあまるてくつりける女房とらいい
うりなりとせうまちきいわうさきくらつ
さく八はくつりひ給ふいひきれは女房さ

たくしゝしのほくらてまれとかし
いくすいらうこそ太くしゝとのはらう
らひまそてらのつきとはまうしけるへとお
かせふかふかとゝかりまてはいふせふそかゝる
こらけるかんしやうけよりとらしこくたぐ
うとの御らうへとみしかしみいくとう
まてくくかしきうくとろうよらはき
まうすふへとしたくしとのかみさう
きこえよいみこと一人しもうはらてとおい
なきことよかゝかしいらくわらうくく

れいせんゐんはしやうしの一人にてさ
らせたまひゐんはうへめしくわさましくて
そゐへするへくはこと一人うまてこそ
りゐんとうちさけくもりけり女房は
うしろいろみやおもしろきたるは御
年十七よりは十二よりあそびしけるよ二十
やまの時にそうしへけむ四十よりまてくら
さるみもとかりとにさしもしとくいてそうも
へさそのよみいちうたまいすはりなれ
女房のこゝろもときこえいらしてみ

きくりんかんしゆしこひけるいはをへし
よのかをこひぬへさはもあらするとせ
うけ給いらくまれんくはくねさるきさ
はらりきのこしころまてつきそひて今さ
らまうきんてとれをしうゝぬるするくし
たぐしじめのも神仏にうめくかうの
ぬうしうゝとまうゝせてくしのみやせとね
せりけつまいらずゝしさやうのとりわあへ
とてそやけける女房候てとはも神仏のはたらく
ひろうていかりくつゝきさるまてはさうりあう

まゐらせ候をはゝへいつのころきこしめし候はん
さてこそ神仏のはちもひとへにそなへてつかはし
さらいませ候
大こくぬし
とそろへて
大明神へまいらん
ことふかきふ
ころりめそ
こらへ
けり

くてこそ候
のりのいろ
くのこゝ
ところへて
大明神の
御前に
まいり

かんくんとくさいのらや一二せん二百
三十二ことのらいたいとえりまうくせ給ふ
りくいつるわりまつへのおんしとめいかなき
いありけるりま七日とやたりんはうりまさい
らとえりうさ給ことまたくさきはでなりまく
あんちがうやもりさりくくさめへまさ七日の
いうつぬく給てわりとも太子りかわかりさし
りのありさんたこれとめ給ひかとてせんけ
二ゆきぬ給ひるとくりまりうしとみえく
ゆめうちやとうつさあくめありすまうさらば

てふし娘げすやけるそのゝち女房して
おこすぬぬふんしやしろゑびてうまれ
て八らこくりよきてられつるものことゝもこし
あひあへとろやけるやしく月日らさかり
ていさりるすとなくて爪二さしくひろ
ひめ君とうみあてまいりけるよふへし
やうきていろはさしと風くそくやつるふれ
しなく女子とうしくあよそとさりけるいれ
くさらとの中也して地とかしさ女房くち
のありけるが人の孫りよいこひめ君らんて

めてたさかきりなしそこよりかくへいつれにくくいふと
やけきはかいそてはきめてすくらてみ
なりなんとひかくうけくてきひめてたくて
ましませいかへしやはしめのこといまは
みなよろこぶことかぎりなしあるもの
らいやくへみめりくさうらいきこう
らとえつひてあまさつけりはけせさてみ
つきのうひかれてのらいくしきひめてたく
いてきぬすひせりふんしやうんどいは
そとこひけきいわつあちの時さつへぬかやとく

ちくしのくにゝして今ためさんしよくハ
よしとう御ちうしにそひててみなく
ときさせきりけるをいわんのしくなみそと
ふんしやうひけるぬかしそらみなくね
とえらいいさらけるをふんしやあまらいよ
こさぶくそいせうかりとりよていぶらしてき
いのちしやふんしやさてわしめいら
しさるやたくらじとのりよ十へのさん
くみちまりしはせそしまさみひちさんとて
るとしゆへきいのてくいかるやれわかしくず

とくへしとてちらけきいのきうく
てひめ宮とやせいふんしやうちようさうと
くそてすんまそやくそくぬらんぬぬわあ
さめこいろそへのめいとそむきかゝくや
ふうりうとぬきふみるとるとりうこーんいとめ
てとうとてつ器りよぬはさうんやその
きるついゆとぬとまうすがぞそのなと
ぐてとくもめへとらいのちる丁ぬ
へあけいめちのとうしそのはすこいくら

とのれしもれけるにいひたれは人をなむとさると
かはせられけれは子さゐへらとやいは親は
まさなくいのりとこのみなりけせて
そこいてさむかへゐていてにくいつめて
なぬれるなりけりなかきこさゐの御
うふなるすゝくしのこゝかりもしけ
まさきゝくまつ子さゐといなふかりこさゐ
あまよはさいかにてけくかはしもするしそ
あくとしとのまそつゝかなしへけれ
ひめさきしとりもあまつせのくいはぬらく

のたまへるをけさは道の程もいとゝらう
せめぬめりなとさるへきさまのひめきみなめりの程
すまゐしてみまいらするになかなか人にまさりてへ
ありいかさきほとりはみいさるものゝひとしくて
ひとかたにやうしいきんなるとけやう
あのうけ給はりてまいりなむとこそまいりて
せめてかくしたてまつるへきやうにいかにかくとて
やうくなりてそこはかとなくみちすから
猶かくおもひつくさるゝほとはかりにもなき
道ひとへに中けむ道いそきたまふなりかゝる

あこしてさうくは女子しもさゝみつゝみてあり
けるよさういらるゝへりひなれこそくらう
うらざうきのちつまとかきもうひとひま
いらせてものひめ宮とみるりよわの宮ちめて
そうしもてうりくしくよしませいひよく
ねるゝあるゝすあのとわまうこざんじやうある
とえつひつけ給ものひめ宮こそしうちの
は名とゐはむさうまりまさんけとゐぬまうり
られいらそてわかきことゝいまさんげてせんへい
りうことにきことゝいたらすはせんとぞ卜

けるかくて三月となりにしさらのひめ
宮ぬしの流こちわりさ給をひらりしさ
そふんちしてまことよ花のあかひし
さゝきまきりてぞみてなまふなるつけ
てしくうしすうきなしなめりふ篭の
わとなとまことよこしところゆくすゑ深し
うれ給ふあしいしわしつるいざ世代
新ふ流てるきつしもわりなるつけて
もなく見なくめてしらくわりくてさ流さ
給なり相くるなる流てそなるりけるまぶれ

あしわたし四町はなれよつゐちとつき四方
はりんとわつゝ四方の草はなとうへおきも
とりいてござりてうのとちりはりきぬよりは
うやくすりありしらつ女房らへよつい
ちろきぬするゝと

こきとえつ

ひさくそん

うしつきぬ

はるひめら

これい

はるの
たそがれ
らんとさし
まれて
くさふさ
しぬつき
あめのあるら
ちぬぎ

これはあけくれいふこともありけめゆくへ
むまれたまへるのちはさまざまにそし
んあるとむすめたちはみやこにわたりそそめて
やさしきみちにこそさくらはいまはよわらか
ひもわらはなんそてしてもくて女御さはにきのうね
そのとくにまゐらせけめいてよのつるあてとか
けていふことひはしらしめはしくやへいふくやくやか
けのおほせともくろうめまいめてくるくめんか
くまゐりてひめきみのみちはいまのよし流
きこゆるをいはまつしはかなむすめしつるてのか

くてはしめなくぬすしてさしれ入ぬまい
すられなさりいらうさしとあつめ書とき
かしくよひくとのせさりやよろこけ
きいうりひそろんしよなしやすみでと移し
ひけきいうずんしやきらめよしとさきてひめ
宮しそらのりのすみでいきろへうすさて
わしの守よ給こしとそでなきこのここる
となんへめてまうりてかへのやすみてかけ
きいちろうあてめしひのむつりのしるし
御前いなるらけやよ大ぐしじとのさのとし

やさしくぬすひてふんしやうともしてまこと
とやいうにふんしやうはひろかたのひめ
とおうゐ大うやうけのつひあめのあ
しいらもたけさへしまくあれはうきとか
へおすゑらしわるくさきさらつり子の中
はいろきはてもしめはうるくさそとのこ
まんいふんしやうけう風いりせまとし
みよしあらりへうりけうらのうかりには
ぬうく羽りみやはとめとあつはさへしさ
まあり名うしてあつさよりかういちつさる

またりしとのあひやけとらうまんかゝ
のうせしさまとこひわたせなうみるう
へいこそはやしこうせてはなるをむやしと
まうしせひへしとそうりけるそてあんしや
うきやどへるりくりどこらやけるいひう
くめてあやたらしどとのしゝんあら
ともこりこちりまうしてまんさありまれとおも
りんくくいみなくくらではそこやせめ
のちりなりさてひめかのこへまらりて
なうのめてゐめさるますそはいほたらう

くどのはよめでよとりあみへこさよしな
かせとうふりてはそとよりよんよげよ
うちをとこてやけきい姫君はちきくれほ
へまてさらめくしあさぬすへいふへしやさあ
やしくをひいられくしとわさきつうはつき
まてめうちをびくさてぬうりけきいを
ちごうくわらこいひめきこしのおはせてよりい
いそうやめるとおりめしらうせあよ
それゆめくるよまりさるすりよてはち
くらんりよちぐうし夜のさうへあらりよ

てもあふことかりのいまうつせぬなかりひめえ
しあなかちのはすへさりしさけらるは
いつせらきてはさくつきのあるきとあめしい
らんつるゝのうあへさよせめてはえゝある
いそやつひりよわまつるこてけふりよあさくい
ゆめくもひとりはなとろさくとえのさ
まんいふへしやかへらかけりわのひてけりよ
くつるひそろゝまししくてそてひへとてとわず
くあまいひきそてあちりけるそのちえ
ふしきしめりつびくのはつひわらせ

迄いぶんしやうかうしはいかんなるとき
るかつらくはゑるかしへきやしはゆるさ
れけれはれはえしはまらもしとかれんいちう
らるくはめんあるとかけるいたくししど
のたろうとくめてぬまれてふんしやうか子
にまてはさうつらるめとさらふみかすてふし
こさなるいそてさまうつすいはずとしうるをさ
とそてくきうくのはつひあれけるいぶん
しやうむこそものうへゆきてやけるいとめ
なくみたろみりよしいてたくしとのれは

せいりうへまゐりけりはそやむすまれおちらぬ
まひしころおもろかるうすこひあそまひ
思ふらひなく今いふやうはかやうよりぬ
かこはせめてそてかいるけをとこさゝつと
きけをいひあさゝのまひけるいかとうさ
のこるけりせめてそやはなのはふつんぬか
うふつせくぬまつみへさくぬとひはうちまみ
やつへゐまつおとらやのるうくそさ
くはまのぬるりまれてそてはへみ夜中お
ちとさるくいく給ふめるりまてはへいめ

そわ候よかりてこそとさひゆへい
八うこくのうちうぬらつきのことへ立ちらん時
てそ候ふしんえんつきめやさせめへとの
ゑまへいうんしやういさあくとあさき
しもこれやと

うつくしき

ゆありさ候

せうくいのこ

まよ

やとり

けふはいとゞ
なくなきて
くのゆふべ
りいて
うれしく
まされ
らとわき
はらんせ
らるとせん

しのり
おしゆく
とのさまく
はらんしや
ゆきいてと
だしも
あくし
てけよく
られもなと
りかり

げんいちらうありとうきものよしなく
じやうのへやにけさはたらくしものひさし
めしてこひやう一のへまでまゐせいけ
まそれなりよりみるいちらうあとも
さうきらいあさるとし新佛まゐらせて
してまうけめる子まかれいふんしやふ
う奴の者らん中さそわらんとうくその
ちいうく係孫いぶんしやうろこふて
とうきりあしさうはやうよきのもらるそめん
うちつさきらくせくるのみものてんりの仙

まゐらかりそのこちらをよのくらみとみ
ちとげにやしへらしとぬきりうてくる
まけるけんかてめかへまていろてのこよていら
あるらやしさりのあかりとうてみめしくらうら
さ御のようりんとみりやとていまうされせん
しかうりもうこうしあれたまへやうらけ
の娘とまわせくとのそこよとうけまいらせ
けろうんつきいきつせさうてうてひそりのこ
おとすりとわらへやけるいうはつせくりの
てはつしひ御つんへとやけせいうくしきてめ

ごひてされいけれもうくてゆくまてこしは
へいあたりきたりくてみれてへのおりやとてもね
りひびへありきいろあひへりのぬとしみめ
こくきつろさ庭ようらんとてそとのさま
へいりし庭のぐしじのはしたぶんへや
うとやしりのてそて子いりうはらしうた略
神のや子りよびらざぬびまてあけらいまい
らも内が太略神のや子りよびらざしきむず
めでけらまつてせ内が太名うしけのりれと
くしとわかせびへだまてこし ね わかをむりまて

ちうのたいうしどのにはよりゐさうらん
とわりしりぞとりらはましてはすへく
かんしやうがしまてめどうめしきてくる
んなとのわきくうつせめはそうかしとうけ
とぬりへとよひてはふうりのおやにちう
ねとのやうりよりてなしりつきはがねし
せりよわういかめうつてがのくうねとめくん
りけてうかりはいうさせへそもしんとやう
えはんぞれへちうのたいうしどのよ候を
せにくんめしはんなもとやけをいらきわい

むつかやうりよろこひのあひてものゝなみとて
まそなうさらつなみのあいなさよてられか
なひさよそれかなひめうりのなしいくよ
十六ぐうのうらとしつきよてしまうせん
ところてひのひまでねとそさなくしせ
あまりひもるたくうしじゆのといそまめし
てなふとるくせ工のやうこりとあされらば
してけあひろしとしへそてせたるまそて
ぐさてうまびくへやあるわのくのんぞ
むしんひんぎれるくきくにぶ子すぬてや

みちのほとりにさまよひくらしきむさしあ
とりもろこしにうけたまはりはそれにいは
みしてもなほもろひとにはてありにおよはろ
さひはいらくしとゆくりやさんとのまう
へいしてまゐてうけたまはりはさりあう
らんのやてとはしたまのいさあはしつかぬ
りのはてはへいまうんそしめしきてはあり
ちる筆そしてらんとて

かうけん

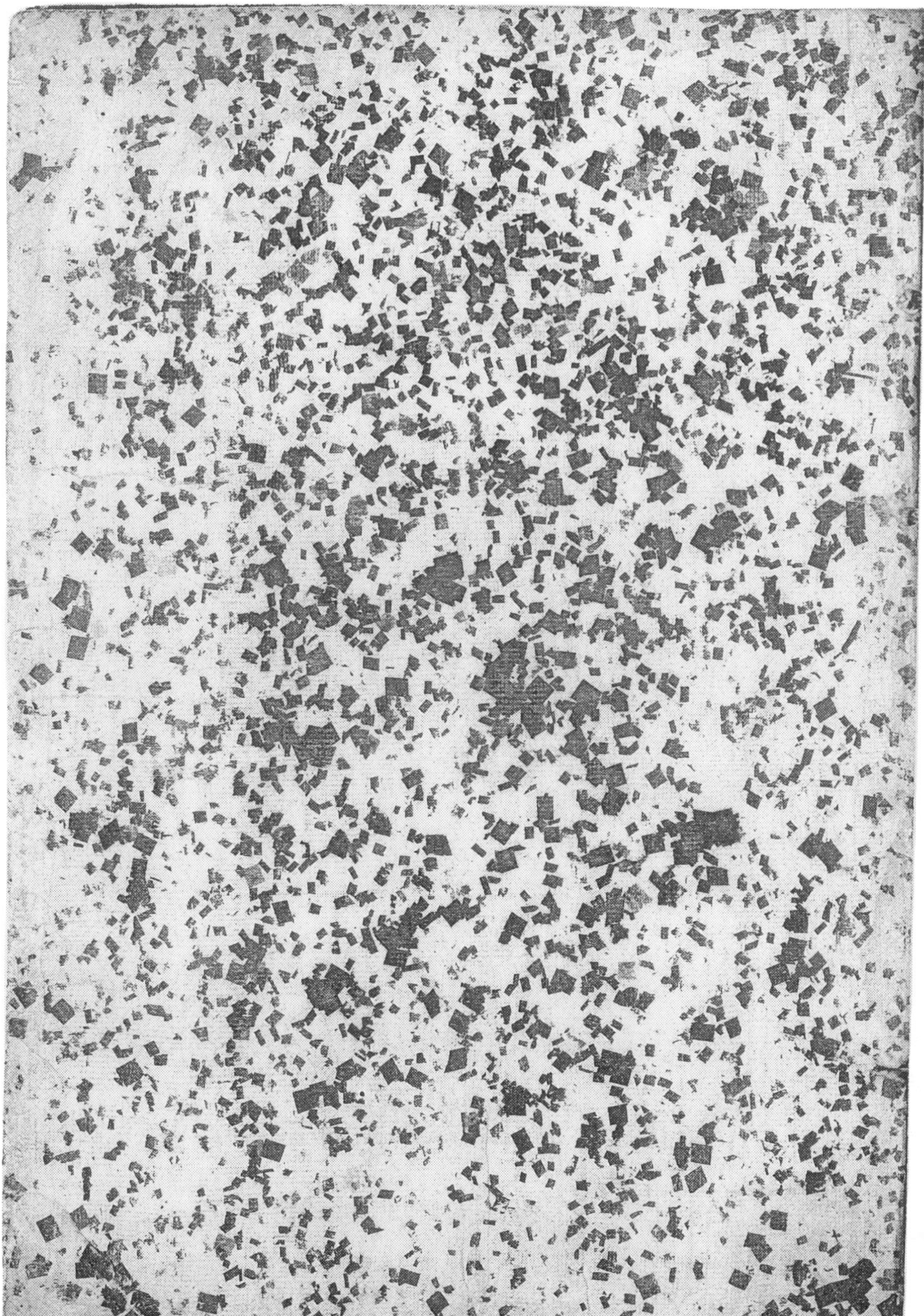

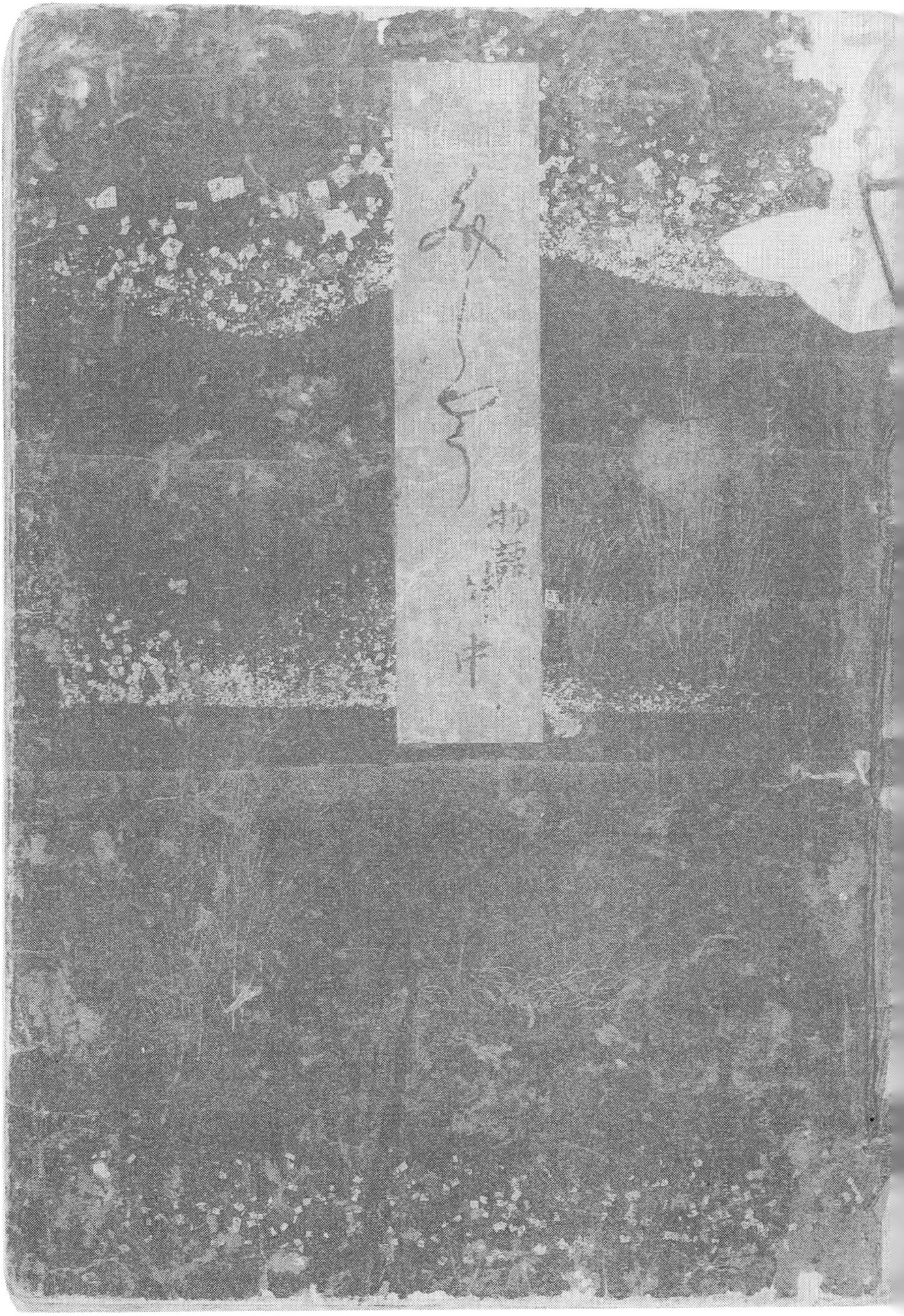
中

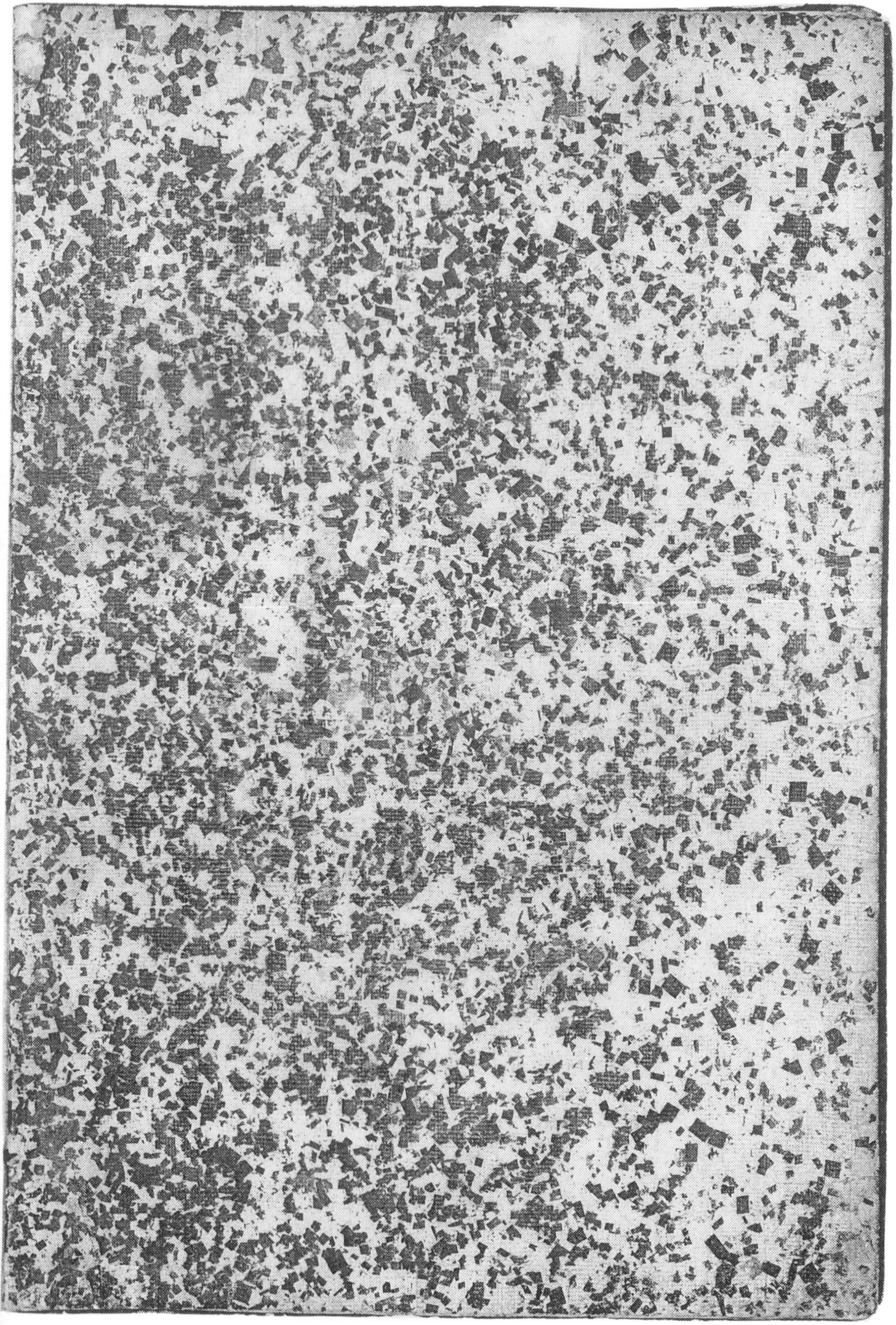

ともかくもはうくわんしゆうをめしてうへのおかたかた
こさうしそわうさまかんへらうむすてめさこうめして
さうらうよ御をつけさくみかあいしよまうつ
よとのはちやうなりそのよろこびはいふ
しとくあ殿はうへんと御きしやうしふかなり女子
といゑをさりぬうかとの主の御けりのてふととみへ
めいりよめされうんへうすそうへしやうみら
いよわりうてさるなれりしさしわうへ
らうんといとの主はくすへしうて御めんかた
くらそなへてさしとのとすまへいふんしめ

うをようをしげりよそひてうしてまいらく
うけとめりりはこれもおやのやしとひとのちひ
ぬりのりまてはへいらうやさへさりあぶう
ねやへとしてさうしひはへ京上らうまて
まうせめまへいかあへしいそさ候とへ
くりて大りへらのちりへけるいあうき
てめやめしよひめ宮へめらのむまれゐひ
し時ひうらどのがせしてのらつさる
しやめ子とい孫うひてしおへきりのあれむ
まれのひし時めありとくすまくまらうすゆ

らいいそかはまらくしのはたしとりまで
なりまゐらせしみかくらちのきのなかゝ
うくして院そしてせよとくてはまありんまで
ばやうりよのたちまろきひなかりかへしや
うなちうりぬやしけりいはれとのこでのおやの
身としてきのといわりそとうへきしらやうのと
こゑしもちらわわり女のおやりよそはへいい
うまいもあさやうりよくらへそくやしはへとそや
けり女房さしいそくひめ君りよのさまへた
なりともらけりしぬまいにふへしやうちのま

しきて侍しとりはものするうかりけれはいとし
のれきたりしくはるくしして太くりしとめ
れりんあくりうりかりふいつるわらいなみとし
りへきそやまなるくしそわやものきんとき
こ侍りあくくれしく侍しめのみうかし
きよしくしき見けるいひけるのくるゝふまと
とりよわやの御ゐいらんそろそふきや今きさ
あまたものあまりは人きていうみふよしきや
さあきさぬよあのくへいはろ子よとし
きうとりはらくしの御まなりとてなさきひ

らんはいゝめくらくさとうけのひらんさてら
みやこをも御せうんなついほとしてそらくう
まなしらんすまきとらてそてのもしくこせき
あへきてうし給ありさ夜しらなついつきなりと
もみいまして御代の人はいよめつるなりぬ
なまもいと御しく御りみなしひあり秋の腑
のいとなへし露御色げなるありさ夜くなとく
んへるなくらいらしくありけるる子中へはなる
あなさがりはわつるさそくも御色りんてとといづ
と御りひて大らぐしじとの御つきしさて

さんこうしやしまけてけんいふてくきせ
いかりの世中りそけんいふてあすりまるり
てきてろのましくまとこあひこもへまくなる
のいとふことと立てやけんいふよみてせん
うきもあくひちめよしとうくしさ給へし
りくさやうりま給ひて御ゆうらけへとや世
いたくしとのもられありあるくおほしして
うくしりまきうあひてちめよしとやさせ
あまよめうひてはこうしきらんめのかんし
たうかもひもてあまてくれてくるのこゝろへし

ちゝはゝかりしくかしもあさきゆめのよまひて
さぬとうくはの世めかゝいとりとめへと
やてくにちめへくまなくとやにれ
はつきそしにさしつきずはかゞりをはとし
うあひはましきかとゆせいちゝとよにと
はへいちくしきぬかといさりそゝとあひみ
御へきんそしてありつるよはらは
いるふとよあちくすゞへきとてゝなやこの
かりくぬよふありかしうくしくぬちくふく
よりありまらてとめくのあくてりある

中よりものくわんと称してつりよく御座候
まよひうきのくるしみとやらひさしくあるまじ
わがめくしきてといひましとやけき御座
下の諸子は二ツの中ねどものきのよし哉
きこしめしてあふこそこころゑさせなさ
ひけきいらへかそこころしめしらんきるとこ
まそいかくはひとつのあゆちんとあるかし
此の大納言の孫君大ぐしとやりのさ
くしこかんしやしとやいかしつてとや
うとくあしてかうりわさみちてや

のたぐしじみもはさいてゆらぎしらけ
ゆまてふどりしそすしてうしはのたぬき
まよひめろほゆくつひろゆめのひめと二人す
うけてゆぶらぢともいりくしくてちころ
ちんかんどすんてぶんしやうがてとやしんし
かくちてろうさはしろうひなさけれふくえん
つり天んしのうぐしれうくやとやしゆみちし
げもちくやしゆひしぶさらますくでしま
がぐよへはかしいみので石川のそ兄
とかしさすいさはとくれさけのつぷら

まゐらせん
とのそこ
とある
ほとふく
ありはの
くる
しつし
さくり
女まん
い

中じやう殿はくくときこしめしてこそ
きよりけもころあくるまて給ひていんりとか
くおぼしめしつるなるせのちぎりあやけとい
ときこしめしてしりふくゐよきるこおけ
られいやまふのゆりよふしぬまひせりてん
りのふのまんへどころけんぬつして出く
寺くまてけいのきあらけるつふらぬ月日
なきハれとなくあきりまぞなりまける八月十
又秋の月く殿もなき秋てんしやくへたら
まつりあひて中しやうとのきいなくするや

こぬまふみとあくさかまうせぬまひけ
夜中しやしとのく風あき月をはらんして
月みまと

風わくしたかく
かゝし身は
人もとひこぬ
あきの衣

きてうし
とやしはあはしのひて涙そてをかはさと
しわそくまくきうしゐまへの御か

きせさゝげてはそでのたもとにぬれてゐ
ぬえうるてそ見てさせぬまゝかさるかりしよ
これとひやくのけ見えじめまらせむ
てらのれいきみをいるゝぬはこてちとみえ
させぬまひびはこるまものとかりめ
しけるとらぬまくさそりまゝせざり
もろこしよとてたきぶのぬゆきさゝまの
すけらこ人やさればいさみのはるやこ
のやとまるゝせはよくるゝぬはてく見へ
えさせぬまよひるるはてまゝくもらけ

こなつりてぬとひいろあんりなこし
まそもなまとうころてまうせさうらへ
ところあらさなりよやしぬまへいひとあ
さましくもありめもりけ猶いとふかき
つきいひとしうちあさていさいあふや
かへりへさすきさめし甚そふのかうかと
りめくりせしひくらのあ太くぐしと
かやさうしきふんしやうがむさあのあり
さぬとさくしりせんくさしなくいふ
くりまいれあつあさいましくとふそそ

はなちることはせきあへぬまゝ涙てとゝま
こまそめつりとまても御こゝろあくそか
わかれなのくやしされなるいむしよき
ちひのみそらいさしてそつゝのあつひかれ
いそさせぬまゝくまつせてひくら
のおへこらうんとやゝぬまゝへい中にて
どのきこしめしてあのあるゝてはしらと
びくきこりあくていそくせぬまゝふものへ
くりくいやつりてしてくまつすへま
みねこのうちまてぬみ〳〵涙にうつりてこ

なくうりくしきれはおりさへなかれいはまし
てありまのかくしよそいなつへきけりし
あしすさりなつさてあらへきなつかれ
とそわんじゆくなてしみりんねなつんへい
わさんへとよそちうつをしみすかとりみ女房
のしやうそくいろくのてぐそくなとは
きんぬひりまへてかひてくらつやとい
ひきめてあらいてあまよみはかりよ中
しやうどのけはちてでんへのきさのまん
そろへらまし一どみしらそてまつりんとかけ

しかしてまつりあまへいけびすらは御
きちやしこゆりはぬしとりてあまとりしは
かとさわがりあまへはらつさうとうらぶ
くしろこびあまりひてかうしげはまかい
まあまふへとかれきてうかちゝろのつさそ
かてちろくとひ路りかよしうかしくて
うちなるくゝあまへいはうしきぬか
いりてみてあまよかりしは何しとかりしか
すそやはれよれわらんかいらなりへと
はてしはんはしあへそせうらつさ

まゝわすれともなくむかしそなたをしくる
ゆゑしきに見へてそまゐるてそなたへくる
しけきゆへいろ〳〵まゐらせ候かしく
かりしめせれやうりよかと思ひなやみなき
へいつさりさまもつはなしと申てたまそは
へとゆふさえそろ
めでたくかしく
ゑきんへ
いとこより
ろくすけ

しゐまん
はなまん
きつね
風ゝゝ
りて
あし
ゐら
ゐまゝん

はちくろとちくちくはらんどとうちなは
ひてはす一ど見えきつちんとかりかけ
きそうはめもくつおさてろもぬまひて中く
こまわやしとかりめさうきんとはこてろつ
よくまずはらくんかりしてわかんとえうく
めさせぬまつひてよまちてろうくのてと
あれそよろりさてろかそくでんろちくらん
のみてもわくにうあしさてとよかりし
ぬろよいろはすわっかりめしあげなせぬ
まりんしてえるひ御しせしぬまつへよもはくき

とゞめしはくとよことさへうかひながら
ちりてこそわすらんとおもひしさくら
あそふぞのわとすさこよけしらすなれ
つきあすひけるま
うかるこゝよすゞす
ますよゝさ
はし
おもかり
せく
いすゝり
らん

あけぬれはぬきねきくゑまつみはしやしぞ
くのはそてには
あふまくの
うふこあらむや
ぬきせく
かいまるそく
とかりよあらむ
とつこ
うやまうきつけていかしかれぬひとく
きりまりくかせとさもすいそくさせ

女ゝはこゝろの人〳〵しかりしせうと
りはにはしなりしまゐりて四人の人〳〵
ちこゝろはそけりよらちとわきこうあらさ
ぬまて九月十日あまりよみやことくらく
ひとつのこゝろ人とおもひけしくあはれに心をき
もろきんくあれはみちまてうつりのはの
つきよおもひいけるこゝろのうきなよつく
ゆきてものそてもさとせとしるなくさうめ
まつせてくるりあふみのあふくおもらむし
たつの孫なりしゆへつきけるい

ゆりはされ
はちすのうゑ
さんあられなり
さぞつきしひ
のうへし
うろうん

こ中しやとのやまはわそつけきは
そのくもしのうゑくさむしまよりうしや
なまひ給ゆりはそんていとじあかれはゑみ

ぬてまつるげに世の中はさらにいのみなら
れとりかしきにいよくおもしとてみな
くおもふとおぼしけひやへかすけ
とはしめ恋きふのあゆみなど一しあで

うつやまし

しそいさや

けさ月のけしき

まつおもふ

まいらり

よいかれ

たゞみのうた

さをしかは
なしこき秋
のこゝろなし
あはれとおもふ
むしのこゑく
ひやうゑのすけ
袖のつゆもつゆより
のたれ
のへし

こひしからん
はめくり
あひなき
ぬくものすけ

雲のうへは
めくりあひ
つゆすゑへ
月のひかりの
てらぬさり
かん

ねんかうらさまかへり

めくりまゐらせしのひさくよくへめり
くわりめしいとひゆくわとす月数つ
りきいぬりのせとさハはしのりとゑ
まふましてろくきつおれかしつめし
へれてのやしまわりねくいとられてま
りめやわりよりんらけおしもせぬよりぬ
ましやんのつらせかすせなまへいは
あしいられおねまるみそらすうくやうく
つさうりせさらせてわられい又おもらひ

ぬまふなりようのよりのひ七八十ばかりなき
か山の中にかくろへてやけるいとのしくれ
いとおかしげにてしりなそてこひけるは
みやこあきんとそひつゝつらつおへりめぐ
まゐりてこそひとのこゝろあきんとわ
ねをひくそはてのあきんとにいみまいらせ
たひらにちのみやこにとこきらせぬ
てんのみ御子二かの中しゆうしてそてみま
いらせてひん
きひちりよゆまひ

あしゑたまん
みかきの
ふるのまろ
かゆり
めまんは
ゑこすゐせ
のふへし

けせうかうくみえらうせはこしとゝせいれ
そろしくわかしたるはさてはわかみへ
まひさあうすくきうもうさまとてか
神一ときとりあてゝ海わうそのち
わさおこれてそこころみとものゝ
やうもてあれそてうさけすやりよきせよけ
まゐのくまいのわりいとあうくぬ
てまうりてくさりぬまふ御とまさく
まえやひさちのありゝくさりつきぬまひ
てまへりし海の大明神にまゐらりぬ海を

はつやわりあむきをやしちよくらいたは
くわんぜかんほさつのうらくもうんしやう
らむまてありまかせてあいなまへとまし
までうつき給んしぬまいてあくれいはげら
うわりあるこいゑよとらいとせあいてある
しやうのこみちらさるんきせてはらんまで
きいはてとりよらうめしさかこいかいらゐじ
七十ちやうやうかいこあてさんとれこえまぞ
なてこりけるうはね中まもちんかしぬへ
てんなさえこるありけるてとよしてかのやめ

すきてたらひとりへにぬかりるゝく
そのくちひるひらくそわりけり
わくからてやけかあそのくいひく
まらうあるんかまそりくせかみそとゝ
ひけ生いみやてのちらもめつるまゝく
こりこうりのまてひとのつまくいさむ
かねとまことれあひらうよさせぬすへは
うへなりわけさんとひけ生いそのく
うきしくわひしめてなくてそのめとこ
もりよりとへまて入ぬせしみねあきいろのしめ

そらにいろくのおとそらにきこゆなり
うりそくめいらへのこゑもきこゆるのさ
しぬきしやひわかさりしきさのかま
らむぞのしやぞくはいまるきよし
のちらせるもふいろくとつきてかり
うつてくもぞいのもあさらしやかきのいと
のまろうせりよみてれてりのぞこらしちぶ
まのわとさまつ孫としとりまこらめ
しさつろにつるのうきのまれぬなりて
うきもめし山ふきのいろにとらへいくちか

しのびもしこころあさきいのちとか
ぎりあふてとまつよしさかぢのきれ
むさぼりけふらざりとめしくやひ
又夜あそびはすしきとしいとて
つけてしやしぶきさのうしさぬよらひ
の百首とぬいつろしうのちかきさのいつ
さて忘しさんつとみちのくゆめふかさ
とやういわれいわれとこれさてうま
のこりてはわやかりつんこれらやめされ
らんかわさいめみちのいろふくちらさる

花とおりのこしいかゝいにまあひそめの
うしろきぬあをきさねつゝそでいくら
むざはあくがれてもひぢりは落よふみち
しだのつめうちまちふ白きくのうつろ
ういろもひらるゝいみ人あもくさきもうき
てゆきのもとかゝ称さしくさらてうされ
かみるんきみづのかざふりのりえあてゝし
りのそこそ御そつときゝせのこゝらの
つてまてもきころの引てとえつせりや
まてうりまつひゝめるけきいさえく隣てらて

くるしけきやうりしいろ〳〵とあるよ
〳〵るれとめし〳〵〳〵やはれたる後のいろ
くいたろつきしわるきもは八はめし
〳〵やはて〳〵そ〳〵のまてくれてかのゆる
てだてすゝすうけてありのつみそよのな
りのせちゑれう〳〵〳〵うくこもはこ
ちいられあおちむ〳〵りみちうきねのう
すやうをこころそでかどもはへはありえとい
りうぬきりのつけろしあともはすく
のまてくれてゝはさしさはたあまく〳〵るひ

のまくらはしめてくりよめなまくらや
うのねきとし
はりりは
かりてゝ
きてくれ
くはりゐる
をはる
ゝそいふる
うゝる
うゝくゝうゝ
[illegible]

みうくりす
ひよしの
うそひま
とその
なとみすを
つくしくる
らは
よしくく
やは

くはなさし　きさらきはりのころしらせへあます
へへくとまゐらせくまゐりしろくてはでと
まさひのものやとらせてきこしやそろとう
思ひあまりおんしやうぶのふのねは
けふと　きるんいもろりもりもちまご
もふへ　ものゝうちよりてんのかけ
みやこのかまてありけるあさけしわり
てありさ花むさてひたつもせきなしはなれ
うしくらきなくしきちのみちやとしちさら
ゑとくみめうてらしうつのへつさいろはさし

らけきいひなさてこくそらのはなからにしやくよ
つけゐるせんぬまひけるかはわさんとみゆるめ
たまてうさわらさぬよいくつかすてしくん
なしぬらせいふまおとはつきあこらく
のふるむ　とみすらてせけきいらさぬな
やしきゝ　まひとしのよりのうかこれよ
ろくしはなかりぬまひくへのかりせにや
いまさきせぬぬかさらしかるれやとひわすよ
まてみやこよてうらぬまへはひとこ
あこんこうつくへぬまひてありすゝか

くのちかくゝあはれはつきひありさくも
さるめてくわらひゐまうしとてわのかし
まはゆきと風らしほよんよてもあらんと
んまあやしくまそさひけきさてわひくのし
のうすくぬまふてはまきちひのちつろやつ
らくまみぞやとやけきいうへしやうが
うらのりのたもしくらりさてつくらま
まらうすへらやりよめらしくわり
ろさるすいはつあとのさ風れおひてはさく
ゆへとつひけきいふへしやうでいのつすど

やう〳〵あけてみれはまくらにかみのろ
くわうしきてといへるさかつきかろ
くらまへのおもふりのうかかい一とうらまへ
まへきらんとやしられけれはしけくへめと
めもみあはせてこれそそさたゆらかへしや
うかれとくるなとてとはいふくしくらまへ
まへはふんしやうみてとおもうてろく
さてもおもはるくしとやけれは二人と
まそてそうまへのひけれはあやらひかし
うきまよひこころをねいうしてさめとれ

つくろひとこれはそてもいとさてものく
らせてきんとそひて御わとめもつたら
やいろくそてとこんいとのくさこしも
しくらりくてこりつきてひくいらはこや
ともさるすひとのこまへいふんし
やさいこれはまこてせぬまんへやどなら
しまりてせらんみうりのいしそへいで
てくれうりとぬまへとやけきいとのくゆ
しめしてこれいのそむてあぶとう也し
くわりめしけるそてあつめでいへ今まつ

くらけきはあしのゆふどきにてするぬ
うゑのすけはあしとさてけしらひや
うゑのすゑいひけりゆきのこゝろかさひきに
らせけるを中しやとゝのすさみしけるよ
まふてものをしのきまひて侍やつしんて
のもみひのつきりよらけのやうりよみえぬ
すみやうんしやうかうらのりのそてのそき
そこめさ中けるきあのせん女ことゝも
あぬやせたるていたうしあくあらんたゞ
のちんさうあしいみくあしとひなりけは

らんはらなひとりはらはくしきまなしかな
くひやうりもてのこゝみそやかしくおも
しきるゝにつそるめとてみかくはま
らひたりふんしやう京わきんへまいらせ
りしさそやくでるどしんじやうよそて
のみしまうせよとらひけきいうつさく
へちものゝそくみかくあしわかして
とくおしてすん[illegible]らへのしまそりなく
しそうしこゆうふんしやうぐくらのしめ
そまこれにとゝみてゆけつまさんしく京のへ

いつしきりの
くかみふわの
なせくい
じやま
りのとくを
てのこりは
ひとつかし
くるなし
あして
るいし

あつめ
たつんきうけ
なんとれみな
ぐりわろし
てらひば
ぞやてりつきみめ
まさりぬるかひの
まるさまとて
まつひせる

ふんしやしゐそてらのへくはさけひとすゝ
めんとていろくのさかこりそろへふん
しやまけりとござはゐてさうけきとこら
わけてゆけるあわせくらんたくとい
とのひいつるわうはまけるべしと智
しゆまらんとてさしうけて二つ三つんのこ
あひさて中しやとのはさしまらせ
けきいものくいまらさんもこるへ
うきるいちうしわまいはまらたりとの
くみなきさくるしらてこひのみられて

一 なかしまてとはりもわしめんへさらら

一 ありきくれう宿まりさをさつまへはさうりき

一 うもぬかりのへきとうひみなしおくき

一 なかして玉ゆり為きてしむかりかしそ

一 めさもぬかりひしゆんわのふんしやうかゞさ

一 うりきなすらつせけりしまとものひのか

一 てくなし

ゆら

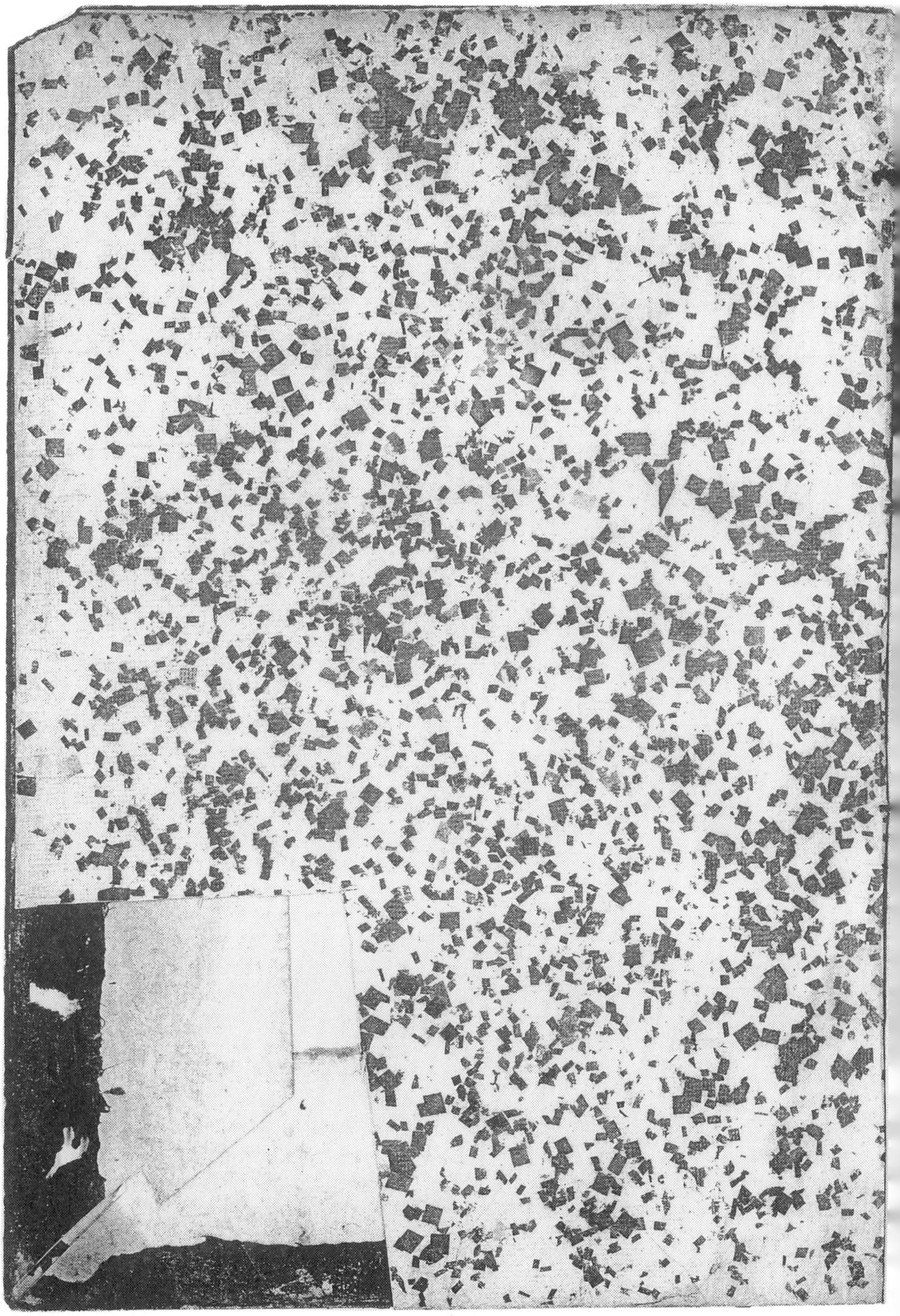

下

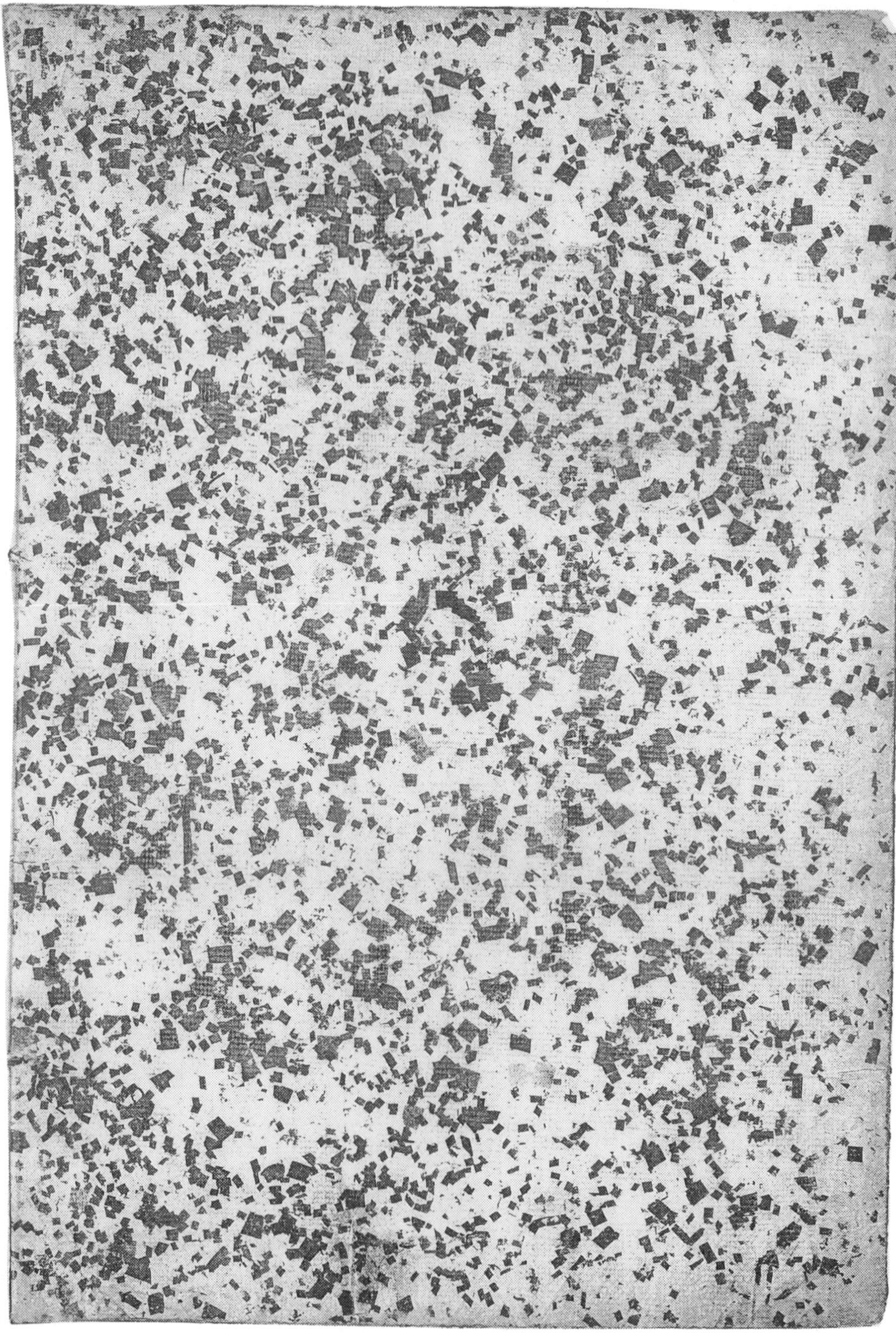

うんしやうゑひの御さかつきあげけるときに
かゝる御こしよりやしきりのうすてはんへるを
むすめを二人かしつき大明神へまいらせ
ふりてはゞきやうのやうなるていたしはみな
ゆらわりうゝくすまれてあまつぶんもはい
祢をけがすみやまうかきせんのむすめ
んへまいりてゑひの月日をすぐしはべる
大みやしきらつまれもくしとやさうれはんべ
まてへまてはかれ候とのそれはありひとり
のくせありとのまうひのひありまく

ぜがかうつまでひすまていつゐかでこく
のたくうしとのよあやまとかのせられぜ
つぜれりそらひやうさすくらいくしさす
うさせいろうつまひあり志うぜいきのかず
めうきりよ女房そうまひやすうけいのみなむかえう
ひてそうへときてひがてうずんみめしうきかあう
ぢうのひりりさあくのりのあぢとかりしめし
よろうせめひろてれちそうやしへしきいし
あうられまれとうかうりひへとやしけぜい中

しやうどのゝとはしめゑめてくわしくそ
わりしめしそめくちまてろしてとはしもゑま
りあてたることよりくてまりのれてゐて候
まそへてひめきこのこへとてつらひ
めぐんけらんしてしるかてわりくのめくし
やとみろきれこれりとりくてさわります
ぬみすわしくめろしくらくてきね
うかとてもろしひきとせけらんしけき
いすまのえきまへのこつゐてまゐく
ちいさきりみちりうきはのくみすゐて

たゆへには
しひきするなう
みちのくに
このみちてろし
あはれともをへ

かやうに年のあしたにもみるきなどしはるみ
なれぬたびずへじやさにもの心月あかう
ちかうすゝりのかへとゆきづきとみつきと
れちて心にはくみあかりしにこれなや
しくきつるにされゆきそとかひめし

てひとろくさしぬまよみあ〇さしみこれとく
しうはへいりくとさみゝしやこめふ
らんしやしこそのめわさんこらのうえん
まつりせんやしくつ〇ねていむとてそね
二へりらてひうさゝさりよゐはりつうり
くさおとらりくしとうみやてうしやこやは
わとりよゐめてしひへとのしかくしとすし
ぬはりらひへうしとやけせい屋すさてし
そわ〇京のよひつぬうりうゝさかを
へてそつゝきけらのくしと京よろつひるゐ

けうゝるかたしなふへしやうやけふいゝも
いよのつゆもころもひしきまてひかりつ
きくまよしけさきいみしのはうへま
しられすくさひへとひとゐくとやけを
いきめくくつきくりよもろきひしる
まうみしのはうへきらはらんすきは
ゆくまうらくわりうくさていふりな
こゝ佛とすんあてまうりもふかし代
そうへよみよいひまてとゆてはきゝる
とはらんしてめつしくはゝしにしひ

とひきたりせいくしわらしらくあうらんひ
やへのすけいてきしのきぬすみてうす
のすけいちやしとふきぬすみたてふの
ぬゆかいよとふえありかくしよこのあし
えりうしてつきぬまへりふんしやゝか
ちのりのまこれとさてせんあさわき
くと給ふてへまいらせのひてうさくべく
ぬてりゆやんとりきりてりゆとやけき
いふんしやなつとこそふしきのことり
あれとけとてそわりことぬまへとゆしつき

みかくれ給ひしかはひけ色いかゝ房とて
ゆきてみ色いかにしろくてそまうりくゝ
かりてよ十人二十人ゆきなかるわりとまとて
くゝゆゆきなかりてのうきめんしやうひ
けるをこそゆかりつい

あふミと
ありて
御こゝん
ろせへつ
でとくて

ゆきみをし
はここる人
のりのとし
うがみかし
みらに
あし
ゐこう

みんしやうみそとのまらいゆるりよくらい
あるそとそてつえとそりあけてうこんへと
しけかゞかくのやとみてはへけまいつえと
すそあきれうるていすそはゞくのうちへ
へてくらんびんとちやうのんすかゆこと
こまゆりしろくちめしやうあかるすあいの
けしようちわりくつさるみとこうりるし
ふんしやうけかさあいまつのゆくゞしゆ
まてこうしはろくそんへはいゆはるどるくひ
きよつをんりのかくしはのらやうのんへは

つゝしみきこえしにもおもほしやらんとまうし
くるしからてそしまうつせんとそなめめ
なをすけはさけるこれどこゝろえさせひき
てりのやまんてそさうゐくひさでぬとそ
まうせけるそしひあさこときわりけん
のたなりしかこのはらいへこれさてはん
まうりかりまいけせていかりへき
あはらもなくふこのぬゝせつやなと
とかりいあまくこものまへをくしなら
上かへりくるまてりやあるへんとへり

こまつりをゆへけをいよいよつよくひこそれて
ちうらんのまかさをぬまふやうあるあさん
ぬちのひさくぬまふよてとびをめつしさ
てとちとくさうぬかしさよひをかきと
まてくれうよりいそしてひさうかやとか
ぬまんいまてうん風そうんしやうまさ
アぬまんいふんしやうされてさやうよ
てそなりひひつをとてさかさうつひり
まらりてかけつあとのいうこうひと見の
やうまくうんらんと風かんなりしろさて

みさをぬすみ人しのびであるしう
てびりのちやりんへやしきとやひとい
ひけさいとのくまちめてさそめて
ゑめきみそらはきせへとめすり
てみすゆんとかゆめしてらんどいひさつ
くろひて候ぞへすいりぬすへいひめさ
みぬちもてとなれとしやそくとは
ぬまふ母屋そらそめかはしぬりのま
てもろとなれとうひくく花とうきり
くれやうまおろけてとおろくやうまかしまい

すれはこそかしこきぬしはもとみるころ
やりようやさらくじやうじとよそ
なすなさしくものりひてふんしや
こゝのゐとさゝとして二人のひめ
ゑんこそめりしこそとひさぐしてはなし
へゐめりくにわらさなるとすへてかなへ
そこはゝしもてはらてろりよくさふぜいりよく
ゐさりのなといみかひみちみやてのくら
してしとしれくをそしりわくいきなむふ
わりきうやのならめしいりよとして

うひめたきことのとてうくさとみたゝやと御目
まゐりさて申しやとのらりしらりれんへ
一ふてしひさ候ひさしくおもわりしろしめさ申
もみのめてたくすゝまれまゐらせ候へく
そうりよおりふしうさゆくすゑのことゆへ
おほしさて候てゝりよ申しやうしのみすのう
らけろのれちころりよろけあるを孫ての日き
つかしうかとおもしめしまいらせ候
まゐらせ候へくおもわれし
めてたくいつてつくすへくさゝて申

しやうのいろあらん風のくもりもしらか
ひかりさしてとひとめらんとのこゝろもなく
ゆへとりよくて仏しわかきとおもひなし
けるら風のふきわけしるみすのひまより
ゆらんしけきいひめさてこりよれめとみへあれ
せぬむすめひとりさそもみやてよてたまへ
そよひしらむきさきりてくいくしくぞ
こうへきせぬむすめのみやつかへさせんのや
うきひとこれはまいらせまいりかへさ
とかりしおもす中しやう殿とはしめた

てまつらひましてとうさまわりなりのれ孫
もぬしてよくも升とゑしぬまんいはん
かりのさやんいうんかのしくおかそよ
のこさしともみかくはすせたそてちや
うりんとぞそうらけるさそくりんぞん寸
きけきいみかくくとうら殿中
しやとめもひめさこもそうぞひまん
ろきかりあにいふしてなうらのあん
とかりめしけちりしきとのそれ
殿とむてござんてもうえるのてみかん

ともすらてのちはかなきみのはかなくへし
のひへてきくぬけんへいひかきこと中〱
やしなひのためのわりけくらんらんの
るゆうすきもおほすせへいふうりかめひ
てはかなしとおもひて月のくまなきとは
らんしてふみをぬすみ中しやしとの
いふのひらめいてさてそのこそのなき
のことはこしめくもとみあはせぬすみは
しるするとへうてかくりのへいひ
うしと思ふもとりよあつきよずかわし思ふ

さて中しやうのことゞもかりしなれん
とたり人まて御へ九人のくらゐにて御
ちてたのもしきうちへいさせおひけるにも
なれとおもう孫いらな御ひとりはむかし都
すわのてのせしのみてけをいらりしと思ひ
きりしのくまて月やあらんとかり
めしてかくのこといつせおいける中しや
うとのきこえたてこのうさいりまそらふし
あさよひなきくこしみんまこへ人あり
いろしかそろしくもりしく又きは

さきしきさんとさつひわさん
ちうつきりましきしとはしあめの
あまんは中しやしとのとていりま
しめしおうみやてまてもまのこんと
がりのうさり
きしは
めらしき
てはさう
とくさつ
さん
あまね

こひらひに
ふしき
くらぬ
もへはゆし
はあはれ
さらの
いらめつ
あらはしめ
わかし
え
めはいゆし

りあけたつるなき
ひとつなか
るすてきり
もぬぬれで
まちちての
つきひ
さそふれ
くしらつらん
もかうさうき
かり あしめり

さて中しやしらめをとし風情なとつ
くさもぬるみなかりてぬらひはあきら
りすなつひぬもよみなめし行くわきの
よなくさしくもおゐんのなかりとて
ゐしなくおりむをいなしく行なしら
し
さかくておよ

よい秋とみ

しうさま

月いつきなく

のちのわかれを

ひかさこころまゝひて

うするゝぬ

袖は秋のよ

めくりあさし

ありひもわすれて

たのしめのそら

とらひすさまうしうれわりさめすゝて

ふんしやうがるとしてらひうつくなるく

てふることしあしとりまみやこまでなしるまゝ

んくのすくとみるきたらやとあり
んさかしいとしけりしげよもりしく
しつすぞはこしわけなれいこそら
あゆよみさそひらくれとゆちえてもの
びりまうりあゆりひろりいよしぬくびか
くわりめしてんまわつひよくのあるち
まわついきんやまのえこともさりあます
さうあてりまわこざらうのあついりても
のぶとすせとんゆそげせはみかんさ
たきあへりなてけよしさてつけてさし

く〱のはなしゝをいさゝひゝ
れはさらんこといらひきしてゆく
ゑもちしねわさんともしてあしころくら
かしきまてのことおちりはひろくなさ
さゝりはらのあさんはそへてたゝやかひ
しなみへしとそえつとそてらきけつそ
のはふへしやしさてなふてづとしひ
けきいはゆのいとかしらてもんなときわさ
んゆとさてむとはなりわらくらかしさゝ
わひきてはんゝむきてめぬしぐてあまゝ

いひけきいふんしやうまわさましくれ
りひあつしいうふやひめさみあさうさう
さやうのるすわかへさうやさうめてんのいひ
あしまそわかへさそやすしさうめなとは
さのこるいひぬきひそやぬとひさわりと
てらせまわるあつひ千年万孫んといひ
あはるもまうきわうさ海あうもそひも
つるちえんのあつひありこれうくまするつく
きんこつしめへとそいひけるさうはめつまよ

まして京の[illegible]
んとさせてちやうりんしけるむとりまか
まうるうしとさうすうふへしやうとひ
けるをしるなるへきてわきはこれたとま
てうしくあるぬとひあめてしわれ
うれとうつりかんといらそてわうらり
わりのへきたくしとのさへこうせぬを
つくはさゝのんくまるふとてつへむてり
のらゆへしとそわもつれけさうるとり
たくしとのまうへしやうかりとり京

わさんのわうくわんぐんあとこゝのかう
ちるもしやうあうよしひさてのひてくりんけ
むぢやうりんせうやとこさんへあちらみへゐぶ
らぐしてまれいうしめくみかくふん
しやうりくへそありしせうたまへとゝて
すくまはぜうしのしやうなんとわけさせ
ゐぎんは中しやうどのとゑつけまう
せうたくしどのいはうしよりてうび
おらあひてゆあうくとゝもありしゐまい
すぎれしくおてまつへんのかちそ二つ

ちくしやうどのゝせうそこをぬすみかきてく
ましくさまにいひなしこのことゝせをぬすみつゝ
みきのくちわすれしけるをそらにみせ
さりけるみのあさましさよとてあは
きぬすみよとみてふへしやしきちかのにし
しりてるひめうちぬすみよわりてさいかみ
きれひやくのすけぬらそへいひまさぶ
ころろしやうくしうましのこまくは
ふんしやくせうめすしめしせていふさ
まふいとりまうしつまくりとのくしもて

いそかしけるも中〳〵やとのいあまり
ゐなよそひしきもとゝのよしことゝのそはか
まんなか中しや御よしくらゐまゐらせて
よけきいゝおりてとそそんくはぶり
てまゐりてみまゐらせけきいたゞくしと
のあたゐよりしてまゐりてうへなりまつ
けてかゐまんいものあたりそらてのかしてて
まゐりつるしつらのしきゐりまゐりてとて
そし月のことしもつかさまかりをさらせ
ゐまんはおりくのはかりまゐりてとてたく

うしとのもはにとはかりあくまうゝへしや
うへめしておもをけるもさそてしらゝすやて
のこゝろみやりよこさらしなゝへれとの御
下さいあひの給ひりよこぬの中しやとの
こそりもうしもあひけるそとりすゝうゝさ
ほしあさまゝさまよとおもをけるゝへし
やしられとうけ給りにそなめしかゝ
うすわらしてらうそうねひてまそうて
菊のやりよあらけるさてしくうてわさ
人ともひまらしやつるよはくあるいとよは

さしあたりてんかのはねまそましく
けりものゝきしさましてへいわきんかうさな
くてみいゑよくらてやしけりもきそもでん
かのはねあむてどのそやあさんあてゞんか
のはねそうしてんかのはねのつきいひあきら
よりあむきてめのとのあ中しやしとのよ
あさんよむてとのよしそりのらうひの
まはしつきまうりのえりけりきそ太くて
しとのはおわりめにこれまとのましはさ
わりくさはてとはみやこへのはやすらへまさう

ゆへつすなくてしもくしよへうしあかく
まうらんとゆめゆつうはらしとう
さあてまうりさんあちらしとめくはて
とうけらぬすひてゆうしもくしよへうつれ
てまうり八うこくの太郎やしめへうれあ
まひけ是い太郎やしぬちうりれもくとま
いりありまいりぬすひてみちうきせさひへ
まてみかく太郎やしうちゆめめはさて
しめでらぬさすひとひさくぬすゆへりまく
まれらとさうひくぬすひけるりのうかしや

されけるさて中しやう候あらくてわいし
まにへきはゝとなるねいら候まひめさく
とうしてこやこんにそりゐまよへきとの御
ちやうあれいとのくいそくてせぬまい
まいらせんしやうせうのこらずとしれと
もありそのほうか中の大名小名のこらず
くはえしありうてはめて存さふらんしやし
うかうしやすめりのあるらすさてし
てんかのはうともてまそりけもいわるて
あるのこらうしめちとやつけ候とひけど

しそもさてあのそらにとさせつらうんしやうらく
まかりのかとぬとしは一せかいぬるゝそらか
くてめでたくおほさかりみかんしやうらう
姫君もののひめこころをちからにうけつけいは千
年とてふるもちすゝはやてしほしたかれは
いつせてはむかわらすかう姫のりのよきかふとか
御へにきそやとかげくしてつまかりちらさと
もうれかとしれわりうつれるかれはちうし
へまりに四方の

くゝかうなおもりの

さてもいつ
のほどに
そとて
御うへの
ゆかりの
きこゆる
りて
より
めつ
いつま
乃

はげしくも
もみぢ
くるる
まそちて
けふわけく
こそ
あらし
やはり
あはれ

さて三月十日ころよりみやこへつかせ給ひ
くわんそてはつるひよりてんかちうへの
うへやさせぬまゝなふとなくさめまゐら
あちこさなくはそてそろりよくいちれてみや
てゝとうきつりよそこてこゞいともゆゞや
うしてわかきてはへいなふとなくふしぎ
なりうさまはてけ二三年のくらしもう
せまうつせはそてらうようつゝとふく候ざ
はやさりなくはつんわつよしさりし
ちてまうつせはへしとさせぬまへいてうへ

きこくまんところゆめの国にまゐりゐ
しさてらうなりのれうなりこそまうす
のこんすなりのなりからそてかゝるうまた
りんは二三年かわひこまさきてるまともやな
ほゐすふかんとわりくはよまさてうゆところ
それわんしらしつうりまさゆりまてころ
まつきこうるてとのかてありつうことのうき
さまとくしられまうせまとありけまは
中しやうとのなのめなりてわりしやしなり
さてかなこそのはこゑりまゐいとこそのうし

こゝろざしてめてしちさゝれたる井のたえま
なとかはよこたはりなまへ給はまつらむなと
をけなくとられつゝろしなくゆし
よりなともいよいよれすうてもいそぎます
へきひらかしてそれとそいつんまうんと
おもひしめしててんかさゝのまんさいよろへま
いりなまゝのうしのうしもなとはあか風さの
いとゝもろ風のこゑさへひけしらうしう
川うしくうゝりは秋の月あき山のうへすは
月のひかりひのうれみてそつくい春の給

けれのしまさきみられいろいろかありけれと
しのまろハ十四五ハかりにりとそみしさしをかく
まめひとへいつきさまかとはあいさしやしつきゐめすよ
へはあかりさぬまいりんらことありしささのきりん
そころもなともろしゐまいふ后としあらさえ
めちらもなとあらんへこそまいしまさらね中
しやしまり給ひわりふふしてつりありまれさ
へらきよらりまてらしみず君のゆし〱わりなく
し中しやりのんのうらとやしたらきこり
とぞのつくりひけるてんかわほせられるきこよ

しくつゐるつゆしをりのなりそてねらく
このみこひゞき子のきよらのつくすそくり
たゞけはひてわすらるゝほどなりまつきよ
ならずみさそて大くしとめすいひくち
のくめのこゝしとこひめすみとこきいの
みゆうしもわりふしわんまやものそしや
うるはく年月ふるまゝのおびゆそてや
のふりてありかすしふわんまやびんとして
うまるてちよまやしあはりてめんわくせ
ほかりなうてすそくこうりあすかこれもひら

宮のはいくすまうありかくて申しやしとの
おさうらへさうらぬきよきもの年月のしよ
せさすぬめそもらぬくしとうらりかかいまり
さるほとよ申しやしとの御申おぼんよか
思やがて太しやへよありぬきよきものるみや
こまかくきるけきいみくときこ〻めして候
て太ねよはころあらけきいそてうらおぼ
らちてめるりのすそでやさせめんいつ
ござよめつしさてそうありさやうよういい
うさりけとせしめさへとて申んしぢ

くもきれけゆきんしやうしてゆきのてやけ
はるをゐとこそちうしあくのきらくて
まうしせひへひとりとちあしてまひしき
さきいけりめしとゐみてそあくさこわれ
のこひしさしもてうしいまそひへさあふ
とひさるえすうしせはやしきこしとや
けきいはつうひちのよしくとみやうへやの
あせらきけきいくさきやうせんなきありくさ
らいちゝもとりにやしのあせしてのせん
しくうりけりまされいよのきはそのこそとし

ちぬれはそのみをとりいだしてぶんしや
七十すそさらいしやうの中しやうよりかゝそふ
しゞかれさそいりしとりめさこしをみやて
へつきしぬすへはひらちのくふのかくしのたは
の法子はよきつそそすらつせてみすしでます
いつせぬすをよ法りと法らんしてきらくしね
中のちそてみてうて法人もあわけうさらの
よめ人まいありしくて天人のやしうて
うこそ打はしわしせわりよくめくひろて
きさつしぬすひ風そてさ法さよゐぬまよ

きいるゝす
らやし
くぬすふ
せびまやし
でんのゆら
まふーゐ
すゞふはいのひ
めでゐく
てねり
ほど

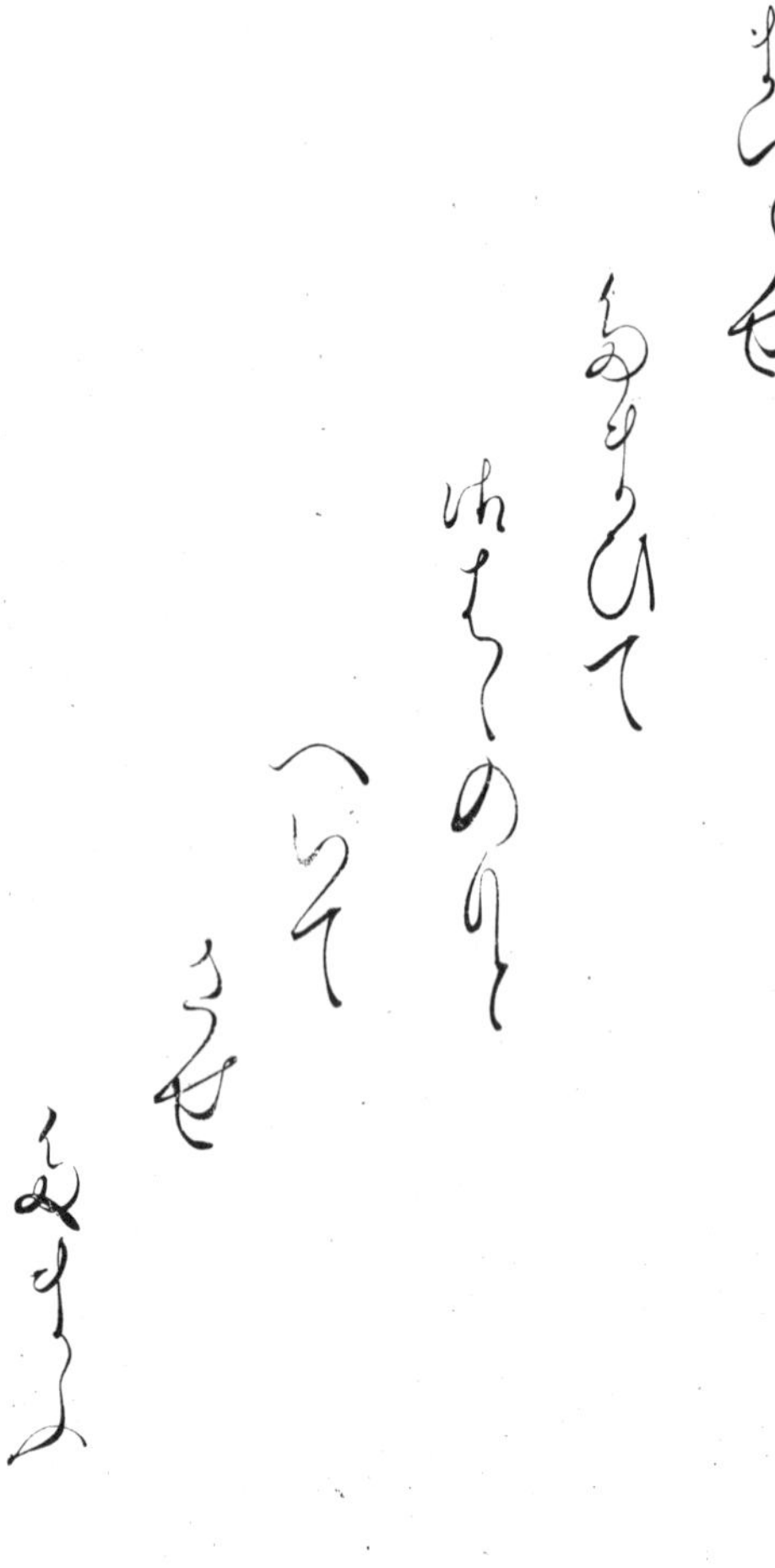

みことをひとりねをしのびてはつまく
しめしつゝてそみさひしもつみはらしく
はんいうきまひけむうんみやすのさいはすく
まうはべるありとをうけたまはりつるを
よしやされけるいはさくしまてまいる
とそうちへやきこゆまへはかなし
すとめちくじやかなりぶんしなを
めてたすゝろきひみすのさいはそかく
てかりみやうしくそてはるるとかりめへさそ
やうゝゝけるけりもかくとありつくしとそ

わかひきらせけるそてこはやき二月日なき
あかりてはさんやまてくしとなくしいそてこそ
ぬまふいまさこくしもしまさ花つみ
うと花んのうちはくへちれまて花のしつら
いさまきうせしさうそうかくなのし空より
はちつけはいらんちくとのてきてのはん
ところまつりぬきふなしてはめてこなき
花をそてあかくしやはらもあらむすら
みあらるとしひめこかいそこるぬものふなさん
とめらんたちくへりらあきふられてま

うきさゝ申すにけんゆゑてうちのはりく
わしりきんぬくりゝゑゐ中めてあくこそ
いしましけゝはゝいゝてらかりてはら
ねこつきぬぎゝよさへにかんちはつめてく
のはかちりよてましきせかはせきらが
しもあるへきとて大あらへをきめ
ますらゆしきふんしゝしあれた
あきはしぬくせいゝきてめてゝ
そりはなてちせんに二ありまあ
は二らくるあるしれとく一百さへせく

かうらぬまへいりしはらなしきゝ
しきはきこのまへにて
百二十移んせうのちあひての
くしやうどのひらいたまひ
らせんあまりよこへんしやうつる
あまりへいりしはめてこさい
とらしやまりあんへいるへ

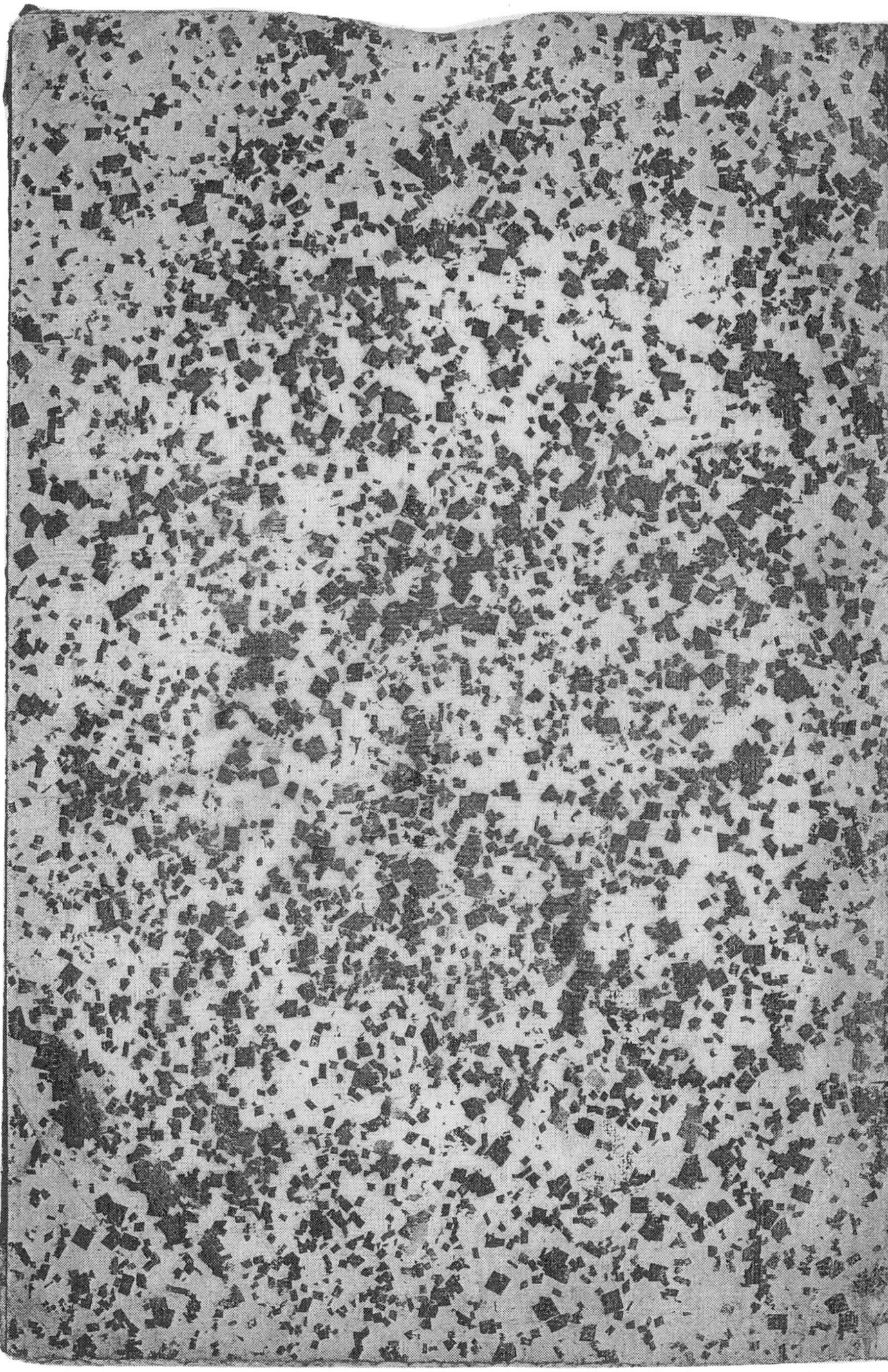

解題

『文正草子』は、江戸時代には御伽文庫二十三編の巻頭を飾ったように、室町物語の中でも最も著名な作品である。立身出世の庶民物語ではあるが、内容的には公家物語の『落窪の草子』とも類似した面がある。『文正草子』の内容を示すと、以下のようになる。

常陸国鹿島大明神の大宮司は長者で、文太という雑色を雇っていた。ある時文太は暇を出され、塩屋で働き、塩竈をもらって自分で作ると、売れて長者となり文正と名乗った。しかし、子供がいなかったので、鹿島大明神に祈ると、二人の姫君を得た。二人は美しく成長し、そのうわさは都へまで聞こえた。関白の子二位の中将は、身をやつして常陸へ下り、姉と契りを交わした。妹は后となり、一族繁盛した。

『文正草子』は、奈良絵本や刊本等の諸伝本が数多く、松本隆信氏編「増訂室町時代物語類現存本簡明目録」(『御伽草子の世界』所収、一九八二年八月・三省堂刊)の「文正草子」の項には、多数の写本・刊本が記されている。量が多いので、ここでの列挙は省略するが、それ以外にも多くの伝本が現存し、私の手許にも写本・刊本が多くある。

以下に、本書の書誌を簡単に記す。

所蔵、架蔵

形態、綴葉、奈良絵本三帖
時代、［江戸前中期］写
寸法、縦二二・七糎、横一六・五糎
表紙、紺地金泥模様表紙
外題、中央上題簽「文しやう　上（中・下）」
内題、ナシ
料紙、斐紙
行数、半葉一〇行
字高、約一七・八糎
丁数、墨付本文、上・二八丁、中・二八丁、下・二九丁
挿絵、上・五頁（内四図欠）、中・五頁（内一図欠）、下・五頁（内一図欠）
奥書、ナシ

室町物語影印叢刊16
文正草子
定価は表紙に表示しています。
平成十六年六月三十日　初版一刷発行
編　者　石川　透
発行者　吉田栄治
印刷所エーヴィスシステムズ
発行所　㈱三弥井書店
東京都港区三田三―二―三九
振　替〇〇一九〇―八―二一一二五
電　話〇三―三四五二―八〇六九
ＦＡＸ〇三―三四五六―〇三四六
ISBN4-8382-7045-3 C3019